우주는
네가 시작하기만
기다리고 있어

우주는 네가 시작하기만 기다리고 있어

2015년 3월 17일 초판 1쇄 발행. 2023년 11월 30일 초판 3쇄 발행. 글과 그림은 샬롯 리드가 쓰고 그렸으며, 최고은이 옮겼습니다. 도서출판 샨티에서 이홍용과 박정은이 펴냈고, 전혜진이 표지와 본문 디자인을 하였으며, 이강혜가 홍보 및 마케팅을 합니다. 제작 진행은 굿에그커뮤니케이션에서 맡아 하였습니다. 출판사 등록일 및 등록번호는 2003. 2. 11. 제 2017-000092호이고, 주소는 서울시 은평구 은평로3길 34-2, 전화는 (02) 3143-6360, 팩스는 (02) 6455-6367, 이메일은 shantibooks@naver.com입니다. 이 책의 ISBN은 978-89-91075-95-5 03840 이고, 정가는 16,800원입니다.

이 도서의 국립중앙도서관 출판시도서목록(CIP)은 e-CIP홈페이지(http://www.nl.go.kr/ecip)와 국가자료공동목록시스템(http://www.nl.go.kr/kolisnet)에서 이용하실 수 있습니다.(CIP제어번호: CIP2015007315)

우주는 네가 시작하기만 기다리고 있어

샬롯 리드 지음 / **최고은** 옮김

【산티】

이 책을 처음 집어 들었을 때, 내 팔의 털들이 쭈뼛쭈뼛 서더군요. 아직 책을 열지도 않았는데,
어떤 긍정의 기운이 즉각 감지되었어요. 책을 읽기 시작하자 사랑과 온기,
그리고 행복한 감정이 밀려들면서 한 장 한 장 계속 넘기지 않을 수 없었답니다.
그녀의 생각 하나하나, 명랑한 그림 한 점 한 점에 웃고 즐거워하면서 말예요.
책을 다 읽어나갈 즈음, 내게 든 첫 생각은 이 책을 최대한 많은 사람들에게 선물하고 싶다는 거였어요.
이 마법 같은 책 덕분에 그들이 좀 더 편안한 하루를 보내고 좀 더 활짝 웃고 있을 모습을 떠올리면서요.
—레이첼 켈리Rachel Kelly, 베스트셀러 자서전 *Black Rainbow* 저자

런던의 노팅힐에 있는 포토벨로 로드 마켓Portobello Road Market에서 내가 직접 만들어 팔면서 이 작은 책의 여정은 시작되었습니다. 6개월 뒤 세계적인 출판사 헤이하우스Hay House가 이 책을 발견하고 내게 출판 계약을 하자는 근사한 제안을 해왔습니다! 덕분에 지금은 수많은 서점에서 판매되고 있지만, 나는 여전히 이 책을 포토벨로 로드 마켓에서 그림들과 함께 판매하고 있습니다. 그건 내가 이 책을 사는 분들과 직접 만나는 걸 정말 좋아하고, 내게 특별한 장소인 포토벨로 로드에 남아 그곳 사람들의 일부로 지내고 싶기 때문입니다. 이곳에 오셔서 우리 인사 나누면 어떨까요? 내가 언제 어디에 출몰하는지에 대한 자세한 내용은, 저의 웹사이트 www.maythethoughtsbewithyou.com에서 살펴볼 수 있어요.

사랑을 담아, 샬롯

It is far more exciting to create a miracle than to wait for one to happen.

기적이 일어나길 기다리는 것보다

기적을 만드는 것이 훨씬 더 신날 거야.

"87 and still rocking!"
It is only your life that grows old, not you, nor your spirit.

그저 세월이
쌓였을 뿐인 거지,
너나 너의 영혼이
늙었다는 말은 아니야.

When you die you won't think of how much money you made, you will think of how much love you gave.

생의 마지막 순간,

평생 돈을 얼마나 벌었는지

생각하진 않을걸.

얼마나 많은 사랑을

주었는지 생각하겠지.

The universe is ready when you are.

우주는 네가
시작하기만을
기다리고 있어.

THE SHOELESS GURU

"What is the meaning of L.I.F.E? Maybe it simply means Love Instead of Fear and Ego."

신발을 신지 않은 구루

L.I.F.E가 무엇의
약자인지 알아? 쉽게 풀자면,
두려움Fear이나 이기심Ego
대신Instead of
사랑하라Love야.

If souls could speak, this is probably what they would say: 'Stop worrying! You CAN do it. Give yourself a break. You deserve it. TRUST. Why not? What are you waiting for? Stop caring what others think. DO IT! ENJOY IT! Oh yes, and one more small thing, I don't know how long I'm going to be in your body for, so for God's sake, MAKE THE MOST of it!!'

만약 영혼이 말을 할 수 있다면, 이렇게 이야기해 줄걸?

"걱정하지 마. 넌 할 수 있어. 잠시 쉬어도 돼.
넌 그럴 만한 가치가 있다고. 자신을 믿어봐.
안 될 거 뭐 있겠어? 뭘 망설여?
남들이 생각하는 가치들로 자신을 힘들게
하지는 말았으면 해. 행동해! 즐겨봐! 그래 그렇게.
그리고 작은 거 하나만 더.
내가 네 몸에 얼마나 머무를지 모르겠지만,
바라건대 부디 삶을 최대한 즐겨!!"

"Never mind stopping to look at the view, I've got to get to the top!"
The end goal will feel meaningless if you've forgotten to enjoy the journey on the way.

만약 네가 그 과정을 즐기지 않는다면,
목표를 이룬다 해도 무의미할 거야.

THE PROFESSOR OF TRUTH

As far as I can see it, there are no disadvantages of being friendly, approachable and kind. A polite, genuine attitude will not only serve others well but it will serve you well too!

진실학과 교수

내가 아는 한 말이야,
사람들한테 다정하고 친절하고
다가가기 편하게 구는 건
하나도 나쁠 게 없어.
예의바르고 진심 어린 태도로
상대방을 대하는 건,
그건 결국 네 자신을
잘 대하는 것과 같거든.

DAILY RITUAL FOR STRESS-FREE LIVING:

Do your best, then let the universe do the rest!

스트레스 없는 생활을 위한
매일 의식:
최선을 다하기.
나머지는 우주에 맡기기!

You have a choice: Conform to someone else's way, or you CAN FORM your own way.

넌 선택할 수 있어.
다른 누군가의 방식을 따를 수도 있고,
너만의 방식을 만들 수도 있어.

The wise are those who have travelled to the depths of their tragedies and then returned from them, bearing a gift for the world in their hands.

지혜로운 사람이란 절망의 바닥까지 여행한 뒤
세상에 줄 선물을 가지고 돌아오는 사람들이야.

CLEVER CAT

Happiness is not something lucky people are blessed by,
it's a state of mind—you choose it, it doesn't choose you.

영리한 고양이

행복이란 운 좋은 사람들이
받는 어떤 축복 같은 게 아니야.
너 스스로 선택하고 만들어가는
마음의 상태라고나 할까?
그러니까 행복이 너를
선택하는 건 아니란 말이지.

It is when our plans go ‘wrong’ that wonderful, unforeseen things are allowed to occur.

미처 예상치 못한
멋진 일들이 일어나는 순간은
바로 우리가 계획한 것들이
'잘못'되고 있을 때야.

Acceptance is a brilliant painkiller.

받아들임은
끝내주는 진통제다.

When you've learnt something worthwhile, remember to always be an ambassador of it.

무언가 가치 있는 것을
배웠다면,
잊지 말고 그 배운 것을
사람들과 나누며 살자.

SIMPLE YET TRUE

"Did you know happiness has another name?"
"No, What is it?"
"THE MOMENT!!"

간단한 사실

It is through the pursuit of your dreams and goals that you find out who you really are—that's why your soul yearns for the dream in the first place, so it has a means by which to discover itself while here on earth.

꿈과 목표를 향해 나아가는 동안
네가 진정 누구인지 알게 될 거야.
이게 바로 네 영혼이 꿈을 좇는 이유지.
그 꿈은 이곳 지구에 머무는 동안
네가 누구인지 깨닫게 하는 도구가 될 거야.

You can still be compassionate, calm, kind and understanding even in the most terrible of situations, in fact, this is when you need to be these things the most.

넌 다정하고, 고요하고, 친절하고,
사려 깊은 상태로 지낼 수 있어.
가장 힘든 순간에도 말이야.
사실 그런 순간에 가장 필요한 게
이런 것들이지.

Nobody said modern-day life had to be busy or stressful. The pace you go is up to you.

어느 누구도 현대의 삶이
바빠야 한다거나
스트레스가 많아야
한다고 하지 않았어.
네 삶의 속도는
네가 만들기 나름이야.

THE SHOELESS GURU

As soon as you realise there is no ‘normal’ to aspire to your life will suddenly become easier…

신발을 신지 않은 구루

Our lives are not full of problems, they are full of learning opportunities.

깨달은 부엉이
우리 삶은 문제들로
가득한 게 아니라
배울 기회들로 가득한 거야.

Contrary to popular belief, being hard on yourself will not make you strong, but being kind to yourself WILL.

대개는 스스로를 힘들게 몰아붙이는
행동이 자신을 강하게 만든다고 믿지.
하지만 그렇지 않아.
자신에게 친절하게 대하는 거,
그게 널 강하게 만들 거야.

If you dig deep enough, you will always find love at the source of everything.

"I knew it was under there somewhere!"

깊숙이 파다 보면 모든 것의 근원에
사랑이 있다는 걸 발견하게 될 거야.

So often we want to make something bigger, better, more special or more successful and forget we can enjoy it exactly as it is.

"I'm going to make an apple crumble, no, an apple pie! Or even better, a TARTE TATIN!!"

"Yes··· or you could just eat the apple."

우리는 뭔가 더 거창하고, 더 낫고, 더 특별한 것을 바라거나 더 성공하기를 바라지. 그러느라 그 자체를 즐기는 걸 잊어버릴 때가 많아.

Often the biggest and best changes in life are only the smallest of steps away.

삶을 가장 크게,
멋지게 변화시켜 주는 건
아주 사소한 것들이다.
몇 걸음도 안 되는
가까운 곳에 있는.

No matter how rich and successful you become,
it's still a good idea to take the bus and unblock your own drains.

네가 얼마나 부자든, 얼마나 성공했든 간에,

버스를 타는 것과 너희 집의 막힌 배수구를 직접 뚫는 건 좋은 거야.

Be brave and follow what you believe instead.

용기를 내.

그리고 네가 믿는 것을 따라가.

Life is simple; Stop looking, start being.

인생은
간단해.
그만 기웃거리고,
네 모습대로
살아.

Letting go of control is necessary if one is to experience the true meaning of FREEDOM!

진정한 자유를 맛보려면,
상황을 컨트롤하려고 하지 마!

Your life will be perfect the moment you accept it as it is.

있는 그대로

받아들이는 순간,

삶은 완벽해질 거야.

Honouring someone's freedom is one of the greatest gifts you can give them.

누군가의 자유를 존중해 주는 건,

네가 그들에게 줄 수 있는 가장 큰 선물이야.

Call yourself bad names for long enough and your mind will start to believe them.
(luckily this also works for good names too!)

나쁜 말들을 자꾸 되뇌면, 네 마음은 그걸 믿기 시작할 거야.

(다행히도 좋은 말을 할 때도 같은 효과가 있어!)

Don't worry if you lose your power, you may find you're stronger without it.
"It's so liberating now. I've realised I don't have to be 'right' all the time—it's given me a new kind of strength.

힘을 잃을까봐 걱정하지 마.

그 힘 없이도 네가 강하다는 걸 알게 될 거야.

Great chances and opportunities rarely present themselves to those with closed minds.

마음이 닫힌 사람들에겐
커다란 행운이나 기회가
좀처럼 주어지지 않아.

When you get attached to the result you miss out on all the magic.

결과에만
집착하면,
마법이 일어날
기회를 놓치게 돼.

THE WISE WORM

Make fear and lack a thing of your past!

지혜로운 지렁이

What does P.E.A.C.E mean? Maybe it means the Power to Emancipate And Change Everyone.

P.E.A.C.E의 정의는?

아마 '모두를 해방시키고

변화시키는 힘**P**ower to

Emancipate **A**nd **C**hange

Everyone'의 약자 아닐까?

The blocks that keep you from being your potential are not in the outer world, they are inside you. They stem from wrong thoughts you have like: 'I'm not good enough,' 'I'm not creative enough' and 'I could never do that AND make it work.' The list goes on! The trick is to challenge these thoughts so they disappear—then you can watch the outer world magically shift in accordance with these inner changes.

너에게 잠재된 가능성이 피어나지 못하게
가로막는 장벽은 바깥세상이 아니라 바로 네 안에 있어.
그건 네가 자주 하는 나쁜 생각들이 뻗어나와서
만들어진 거지. '나는 잘 못해.' '난 창조적이지 않아.'
'난 절대 하지 않을 거고, 한다 해도 잘 해내지 못할 거야.'
이런 목록들이 꼬리를 물고 이어지면서 장벽을 만드는 거지!
그걸 허무는 방법은 이런 생각들에 도전하는 거야.
장벽이 사라지도록 말이야.
그러면 너의 내부가 변하는 순간 바깥세상도 동시에
변화하는 마법을 볼 수 있을 거야.

An equation we weren't taught in school.
Simple+balanced=happy

학교에서는 배운 적 없는 방정식

Self-sabotage and self-judgement are very cleverly disguised strains of the procrastination virus.
"Why have you stopped painting, my friend?"
"Because I didn't think I was any good at it!"

우리는 자기 파괴나 자기 비판 같은 행동으로
마음속의 회피 바이러스를 정말 감쪽같이 감춘다.

"Why does this keep happening to me?"
There is a reason why history keeps repeating itself; there is something more or something else to learn.

역사가 반복되는 데는 이유가 있어.
그 안에 뭔가 더 담겨 있거나 더 배울 게 있기 때문이야.

Life likes no one better than a focused, committed individual who is getting themselves out there, being brave and taking risks for their dreams.

인생은 꿈을 위해
용기 있게 행동하고
위험을 무릅쓰는 사람,
꿈을 실현하는 데 집중하며
온 힘을 다하는 사람을
다른 누구보다 좋아한다.

"Be your own best friend."

자기 자신과
가장 친한
친구가
되렴.

Pay attention to your dreams at night, they have a lot to tell you about what's going on in your life and the symbolism of them can actually be a preview of your future.
"I'm in a dark house and I can't find the light."
"Hmm, I knew I should have paid that electricity bill."

밤에 꿈들이 하는 소리에 귀 기울여봐.

그 꿈들은 네 삶에 무슨 일이 일어나고 있는지 너에게 해줄 말이 많대.

꿈은 실제로 상징을 통해 너의 미래를 미리 보여줄 수도 있어.

If you believe in magic more, then more magic will come true for you.
“As always, there’s a good reason whenever I take a ‘wrong’ turn.”

만약 네가 마법을 좀 더 믿는다면,

더욱더 많은 마법들이 네 앞에서 이루어질 거야.

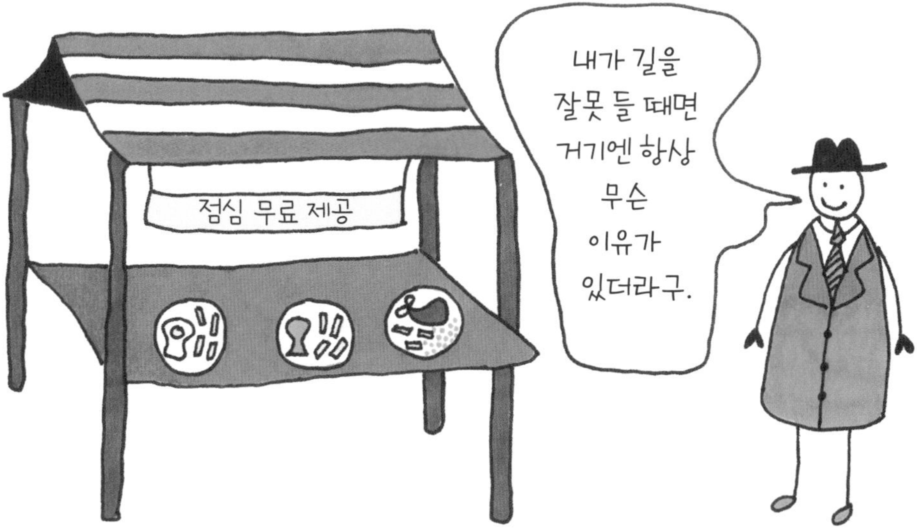

"I must have the best job in the world being a sun cream tester."
Money only makes people happy if they've earned it doing what they love.

자기가 사랑하는
일을 하며
돈을 버는 게
가장 행복한 거지.

You will never live your heart's desires or create an authentic life as long as you comply with living someone else's reality.
"My way is the RIGHT way!"
"It's the right way for you but not for me."

만약 네가 다른 사람들이 하는 대로 따라서만 산다면,
가슴이 원하는 진짜 삶은 한 번도 살아보지 못할 거야.

Our most fundamental journey in life is not the journey of success and wealth, it is the journey of exploring the self.
"Why not swap your career ladder for an inner peace ladder?"

우리 삶에서 가장 근본적인 여정은
성공이나 부를 향한 여정이 아니라 자신을 탐험하는 여정이다.

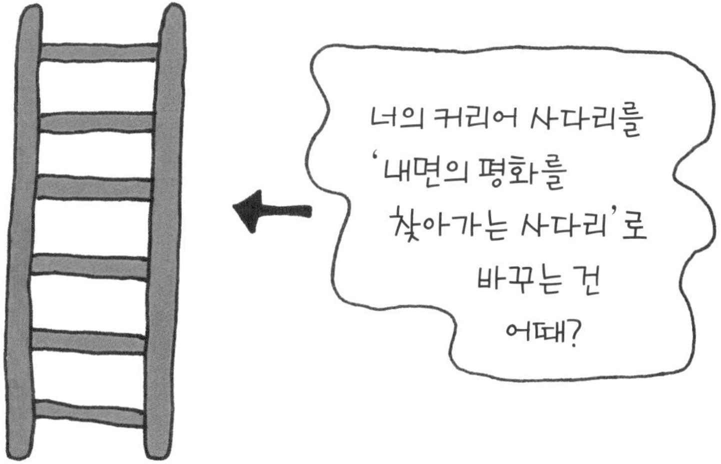

Your intuition is like a muscle, the more you use it the stronger it gets.
"Hmm, I have a feeling that's mum calling."

직관력은 근육과 같아.
자주 쓰면 쓸수록 더욱 튼튼해지지.

True love starts with you.

진정한 사랑은

너 자신을

사랑하는 것에서

시작해.

"I like your new glasses!"
"Thank you—they're special ones, when you wear them they make you see the world much more positively! I feel totally rejuvenated!"
A change of perspective is as good as a rest.

보는 관점에 변화를 줘봐.

그건 휴식을 갖는 것만큼이나 좋은 거야.

How can you expect to get what you want if you're not prepared to turn down what you don't want?

원치 않는 걸
거절하지 못한다면,
어떻게 네가 원하는 걸
얻을 수 있겠어?

Pain generally won't go away if we ignore it, but will if we get to know it.

"Dear Pain, sorry for pushing you under the rug all this time. I'm ready now to hear what you've got to say."

"Let me out!"

고통을 무시하면 고통은 우리 곁을 떠나려 하지 않을거야.
하지만 우리가 고통을 이해하게 되면 그것은 떠나게 돼 있어.

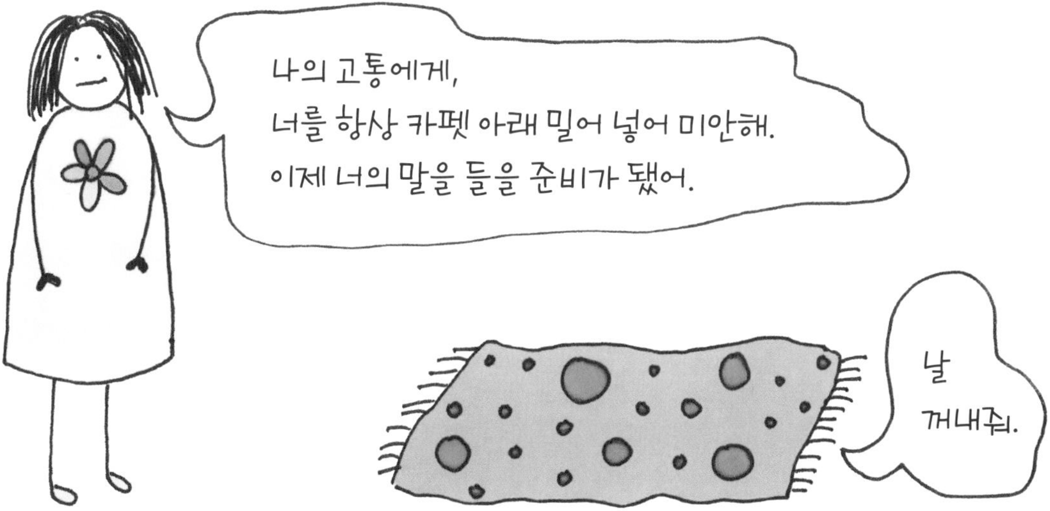

THE HAPPY HIPPY

Life only changes because your soul is ready for a change.

행복한 히피

SIMPLE YET TRUE

"Do you know who thought of the phrase 'There's no time like the present'?"
"No, but whoever it was was so on the ball, there is no time OTHER than the present!"

간단한 사실

"지금만큼 좋은 시간은 없다"고 말한 사람이 누군지 알아?
몰라. 하지만 누가 그랬든 맞는 말이지. '지금' 말고 다른 시간은 없으니까!

Accepting change and taking risks are the key ingredients to leading a full life.

변화를 받아들이고
위험을 감수하는 태도야말로
충만한 삶으로 이끌어주는
가장 중요한 열쇠다.

Life becomes a lot easier when you realise that nothing is a mistake, just a learning opportunity—a chance to grow without judging yourself.

삶에 실수라는 건 없고
그저 배움의 기회가
있을 뿐이라고
깨닫는 순간,
삶은 엄청 쉬워질 거야.
실수했을 때
자신을 평가하려 하지 말고
성장의 기회로 여겨봐.

Appreciating the small things makes us happy.
"Bless this lovely shower for giving me oodles of hot water."

작은 것에 고마움을 느끼는 것이 우리를 행복하게 만들어.

THE PROFESSOR OF TRUTH

It's only when you give attention to and express what's on the inside that the outside can change!

진실학과 교수

Care more how YOU see you than how others see you.

네가 너를
어떻게 보고 있는지에
더 신경을 써봐.
남들이 널 어떻게 보는지
신경 쓰지 말고.

"Burt, you're always so happy and cheerful—what's your secret?"

"Well, every morning, the first thing I do is have a cup of this special brew. It's called positivitea!"

버트, 넌 항상 행복하고 활기차 보이는데 그 비결이 뭐야?
글쎄, 매일 아침, 내가 제일 먼저 하는 게 바로 이 특별한 차를 마시는 거야. 긍정의 차positivitea라고 하지!

You create your excitement in life.

삶 속에 신나는 일들을 만들어봐,
네가 직접.

10 IDEAS FOR A LIFE OF NO REGRETS:

1. Live a life true to you, no one else.
2. Laugh heartily whenever you can.
3. Cherish your friendships (they're your support network).
4. Invite silliness in.
5. Create! (It's what keeps your soul happy.)
6. Work hard, but not too hard.
7. Spend time with the ones you love.
8. Be courageous inspire people with your talents.
9. Practise being kind and generous towards others (even strangers).
10. Have the eyes of a child, even when you're old.

후회 없는 삶을 살기 위한 열 가지 아이디어

1. 너에게 진실된 삶을 살아라, 다른 누가 아닌.
2. 가능한 한 늘 진심으로 웃어라.
3. 우정을 소중히 해라.(친구들은 너를 지지해 줄 네트워크이다.)
4. 바보스러운 행동을 삶 속에 초대해라.
5. 창조해라!(그게 너의 영혼을 행복하게 할 거다.)
6. 열심히 일해라. 하지만 너무 열심히는 하지 마라.
7. 네가 사랑하는 사람(것)들과 시간을 보내라.
8. 용감해져라. 너의 재능으로 사람들에게 영감을 주어라.
9. 사람들(낯선 이라도)에게 친절하고 너그럽게 행동하도록 노력하라.
10. 아이의 시선을 가져라. 나이가 든 후에도.

Do not be scared to look within. Although the waters of your soul may appear murky and uninviting, there could be real treasure at the bottom waiting to be discovered.

네 안을 들여다보기를 두려워하지 마.
설령 네 영혼의 호수가 탁하거나 꺼림칙한 모습이라 할지라도,
그 호수 바닥에는 너에게 발견되길 바라는
진짜 보물이 있을 수 있어.

Believe in You!

SELF-ESTEEM MARCH

자존감의 행진

When doing something creative, it's quite normal to feel judgemental, vulnerable and shameful of it afterwards. The ones who go on to make creative careers and lives are the ones who give their vulnerability some love and then carry on regardless.

무언가 창조적인 일을 하다 보면,
그 결과물에 대해 판단받는 느낌도 들고
상처받을까봐 움츠러들기도 하고
부끄러운 기분이 들기도 할 거야.
하지만 그런 상황에서도 꾸준히
창조적인 일을 하며 살아가는 사람들은
그런 연약한 마음을 사랑으로 품어 안고서
꿋꿋이 걸어가는 이들이야.

Remember, you can always ask the universe for help.
"Is there anyone out there? Please give me a sign!"

기억해,

넌 언제든 우주에게 도움을 청할 수 있어.

THE SHOELESS GURU

There is a price to pay before you can live your potential, you must first get over your inner blocks and negative conditioning. This is not an easy task because familiar struggle is often far more preferable to unfamiliar peace.

신발을 신지 않은 구루

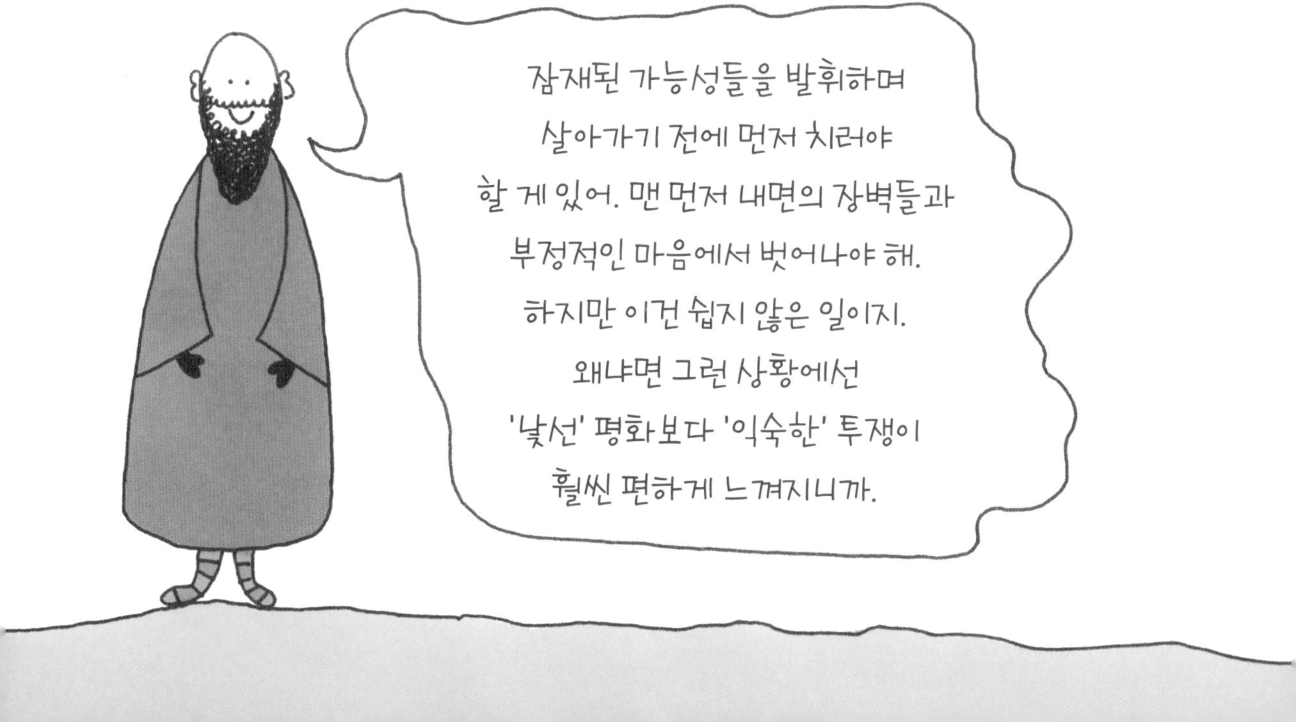
잠재된 가능성들을 발휘하며
살아가기 전에 먼저 치러야
할 게 있어. 맨 먼저 내면의 장벽들과
부정적인 마음에서 벗어나야 해.
하지만 이건 쉽지 않은 일이지.
왜냐면 그런 상황에선
'낯선' 평화보다 '익숙한' 투쟁이
훨씬 편하게 느껴지니까.

Thoughts are very powerful things. Think them often enough and long enough and they'll become self-fulfilling prophecies.

생각은 아주 강력한 힘을
가지고 있어.
생각을 자주 그리고
오래 하다 보면
생각은 스스로 이루어지는
예언이 되어 있을 거야.

If you're having trouble living in the moment and being fully present, try hanging out with some wise gurus and 'present moment' practitioners, otherwise known as children.
"This is FUN!"

만약 지금 이 순간을 사는 것과 오롯이 현재에 존재하는 것에
어려움을 느낀다면, 지혜로운 스승들이나 '지금 이 순간'에
살도록 도와줄 전문가들과 놀면 돼. 바로 아이들 말이야.

Souls are like dogs, they love to be taken on walks in nature.
"Now why didn't I think of this sooner?"

영혼은 강아지와 같아서
자연에서 산책하는 걸 좋아한다.

The more you grow as a person the more humble you'll find yourself becoming—someone who is forever in awe of the magical mystery that is life.

성장하면 성장할수록
더 겸손해지는
자신을 만날 수 있을 거야.
삶이라고 하는 신비로운 마법을
늘 경외의 눈으로 바라보는
그런 사람 말이야.

2010 Wish list: 1. Richer 2. Thinner 3. Find lover
2011 Wish list: 1. Richer 2. Thinner
2012 Wish list: 1. Richer 2. Thinner
2013 Wish list: 1. Richer 2. Thinner 3. Leave lover
2014 Wish list: 1. Richer 2. Thinner 3. Find new lover
2015 ~~Wish~~ list: 1. START LIVING!

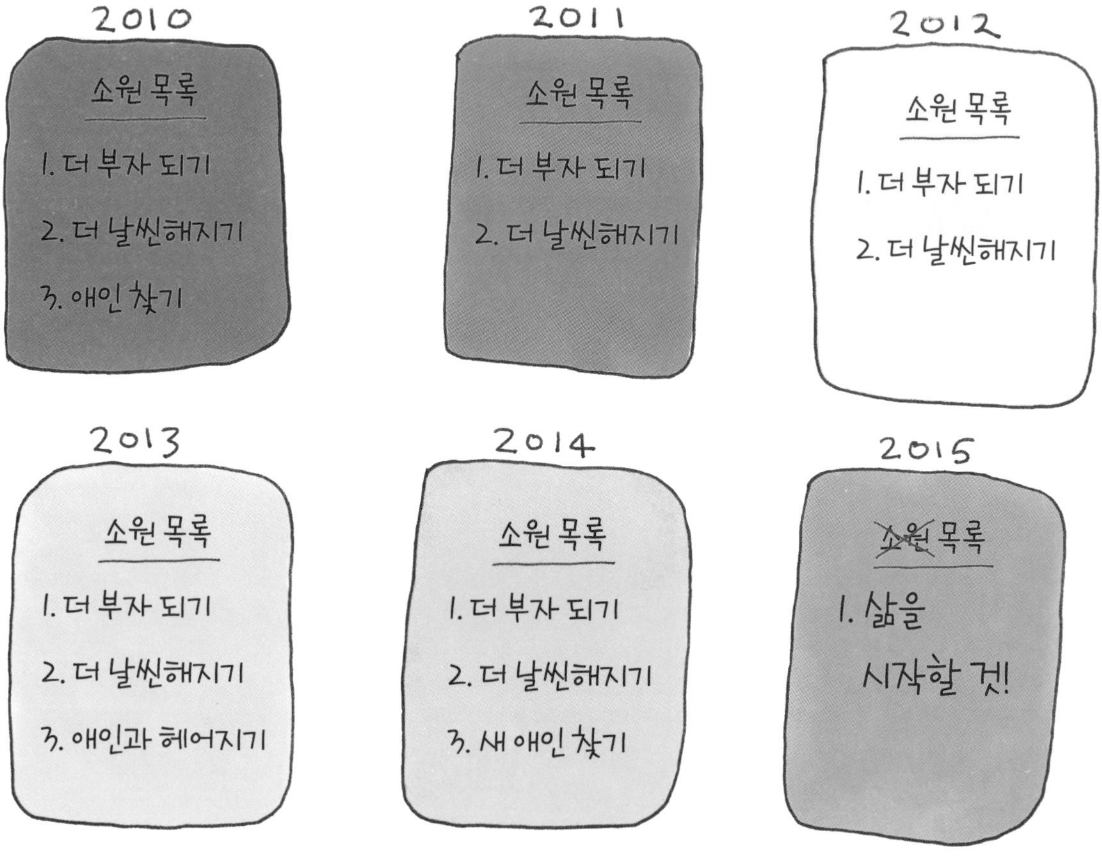
2010
소원 목록
1. 더 부자 되기
2. 더 날씬해지기
3. 애인 찾기
2011
소원 목록
1. 더 부자 되기
2. 더 날씬해지기
2012
소원 목록
1. 더 부자 되기
2. 더 날씬해지기
2013
소원 목록
1. 더 부자 되기
2. 더 날씬해지기
3. 애인과 헤어지기
2014
소원 목록
1. 더 부자 되기
2. 더 날씬해지기
3. 새 애인 찾기
2015
~~소원~~ 목록
1. 삶을
시작할 것!

Deep down, you know what to do, you know what to say, you know how to be and you know all the answers to your problems··· why else do you think you've got a soul?

넌 이미 무얼 할지,
무슨 말을 해야 할지,
어떻게 되고 싶은지 다 알고 있고,
네 문제에 대한 답도 알고 있어…
네가 영혼을 가진 이유가
그거 말고 달리 뭐가 있겠어?

One of the most liberating things you can do is not get attached to results.
"I'm just going to let things flow how they want to without worrying about the outcome."

네 힘으로 널 가장 자유롭게 해줄 수 있는 일은
결과에 집착하지 않는 거야.

The most truthful of words are not heard with the ear, they are felt with the heart.

가장 진심어린 말은
귀로 들리지 않는다.
그런 말은
가슴으로 느껴진다.

THE PROFESSOR OF TRUTH

Needing something is a fantastic way of keeping it away from you!!

진실학과 교수

Find your light then stand in it.

너의
빛을 찾아.
그리고
그 안에 서봐!

States of being are much more fulfilling than states of doing.

존재함이 행함보다
훨씬 더 만족스러워.

The mistakes are the best part.

실수는 우리의

가장 멋진 모습이야.

Although often difficult at first, change usually turns us into a beautiful thing.
"Just look at me now!"

비록 처음엔 힘들지만,

변화는 늘 우리를 아름답게 바꿔줘.

This is Bob. Bob is hugely successful in everything he does. It is down to the fact that his brain is wired quite differently to other people's. You see, when Bob hears the word 'NO', his brain actually interprets it as 'try harder, try again, try something different or tray later!'··· If only we could all have a brain like Bob's—
Oh wait a second, we can!

이 사람 이름은 밥입니다.
그가 하는 건 모두 큰 성공을 거두죠.
그의 두뇌는 다른 사람들과는
아주 다른 방식으로 작동해요.
'안 돼'라는 단어를 들으면,
그의 두뇌는 '좀 더 노력해 봐, 다시 해봐,
다르게 해봐, 또는 나중에 해봐!'로
번역한다죠. 우리가 밥과 같은
두뇌 회로를 가질 수만 있다면…
아, 잠깐만요,
우리도 밥처럼 할 수 있어요!

Labels are very dangerous and should come with warning labels!

꼬리표를 다는 건 매우 위험해.

꼬리표를 달려면 경고 표지도 같이 붙여줘야 해.

THE WISE WORM

There is an invisible chain running through your life linking every moment. Everything is connected.
The more you believe this, the more synchronicity you'll experience, and the more synchronicity you experience, the more you'll understand that your life is working out just as it should!

지혜로운 지렁이

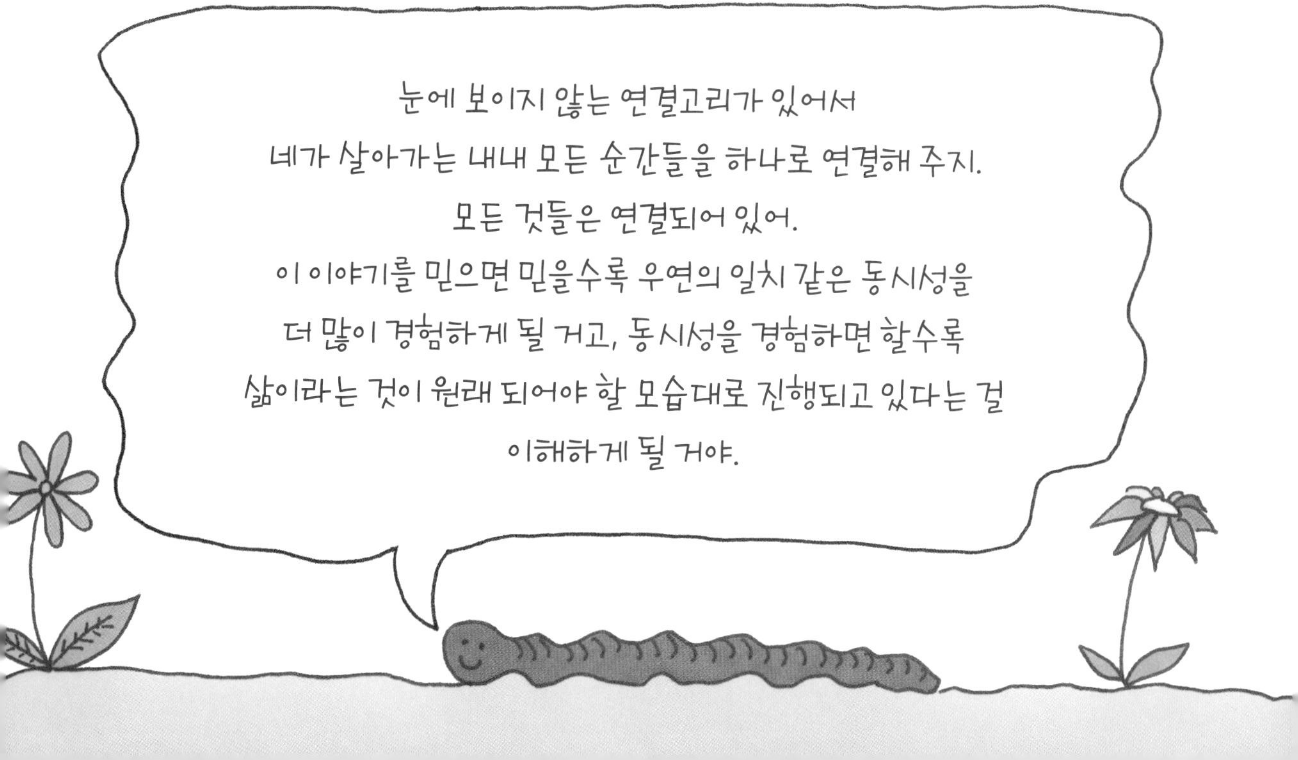
눈에 보이지 않는 연결고리가 있어서
네가 살아가는 내내 모든 순간들을 하나로 연결해 주지.
모든 것들은 연결되어 있어.
이 이야기를 믿으면 믿을수록 우연의 일치 같은 동시성을
더 많이 경험하게 될 거고, 동시성을 경험하면 할수록
삶이라는 것이 원래 되어야 할 모습대로 진행되고 있다는 걸
이해하게 될 거야.

Imperfection is the truest form of beauty.

불완전함이

아름다움의

가장

진실된 모습이다.

Often in life, your plan B turns out to be the best thing for you. Maybe the 'B' stands for 'blessing.'

살다 보면 때때로
플랜 B가 너에게
가장 좋은 것임을
경험하곤 할 거야.
어쩌면 'B'가 'Blessing'(축복)을
의미하는 게 아닐까?

Love is what we're here for.

사랑은
우리가
여기에
있는 이유야.

Your job is not who you are. Your clothes are not who you are. Your money (or lack of) is not who you are. Your home is not who you are, and neither is your car. It is your heart, your soul, your spirit and your very essence that make YOU WHO YOU ARE.

너의 직업이 너는 아니다.

너의 옷이 너는 아니다.

너의 돈(혹은 돈이 없는 것)이 너는 아니다.

너의 집이 너는 아니다. 너의 차도 네가 아니다.

너를 너로 만드는 것은 너의 가슴, 너의 혼,

너의 영, 그리고 너의 본질 그 자체이다.

The Leap of Faith

믿음의 도약

When going through life it's a good idea to ask yourself the following question:
'Who else is there to be other than myself?'

인생을 살아가면서
이런 질문을 던져보는 건
좋은 것 같아.
"나 자신이 아님
누가 될 수 있단 말인가?"

Falling in love with someone is wonderful, but falling in love with yourself is where the magic begins.
"Wow! I quite like 'me' after all!"
"Hallelujah!"

누군가와 사랑에 빠지는 건 아름다운 일이야.

하지만 너 자신과 사랑에 빠지면 그때부터는 마법이 시작돼.

A peaceful life starts within you.

평화로운 삶은

네 안에서부터 시작돼.

You can be as free as me.

너는
나만큼
자유로울 수
있어.

What things would you do if you didn't feel you had to judge your result? Would you finally start painting, singing, writing, dancing, acting, photography? Start enjoying your creativity, instead of expecting to create a masterpiece.

만약 결과에 대해 잘했느니 못했느니
판단할 필요를 느끼지 않는다면,
그럼 넌 뭘 할 거야?
그림 그리기? 노래하기? 글쓰기?
춤추기? 연기하기? 사진 찍기?
너의 창조성을 즐겨봐.
걸작을 만들겠다는
기대 같은 건 하지 말고.

Quite often in life you have to ask yourself the question 'what am I waiting for?'

해봐!
'내가 뭘 기다리며 머뭇거리는 거지?' 이런 질문을 스스로에게 자주 물어야 해.

THE SHOELESS GURU

"The more I know the less I need to know."
Wisdom means not needing to understand.

신발을 신지 않은 구루

지혜는 꼭 이해가 필요하지는 않아.

At the end of their lives, people often wish that they'd let themselves be happier.
"If I could do it all again I'd be positive, not negative, I'd choose to trust, not worry and I'd create peace, not drama!"

삶의 끝에서,

사람들은 스스로를 더 행복하게 해줄 걸 하며 후회하지.

CLEVER CAT

Don't try to be better than everyone else, just try to be better at being yourself.

영리한 고양이

The limits we have given ourselves will be part of us until the day we realise they are not.
"Well I never, all those years I told myself I couldn't when it turns out I CAN!"

우리가 스스로 그어놓은 한계가 사실 한계가 아니라는 걸 알아차리는 날까지 그것은 우리의 일부로 남아 있을 거야.

Live the dream, don't dream the dream···

꿈을 살아라,
꿈을 꾸지만 말고……

"I hereby solemnly swear to love the squishy dimples on my bottom as much as my nice, glossy hair because BOTH are part of who I am."

Do not get attached to all that is 'good' in your life, and deny all that is 'bad.'

The Key is to love it all in all its glory—then you are truly alive.

모두가 '좋은 것'이라 말하는 것에 솔깃하지 말고,
'나쁜 것'이라고 하는 말들은 부정해 봐!
열쇠는 그것을 늘 아름답게 바라보며 사랑할 수 있느냐에 있어.
그럴 때 넌 진짜로 살아있게 되는 거야.

Sadly, some people spend their whole lives thinking 'what if this happens?' 'what if that happens?', 'what if this goes wrong?' 'what if that goes wrong?' and then die having never really lived.

슬프게도, 어떤 사람들은

‘만약 이 일이 일어나면 어떡하지?’

‘저 일이 일어나면 어떡하지?’

‘만약 이게 잘못된다면?

‘만약 저게 잘못된다면?’

고민만 하느라 인생을 다 보낸다.

그러다 결국 제대로

살아보지도 못하고 죽는다.

Your home always was, always is and always will be, inside you.

너의 집은 늘 네 안에 있었어.
지금도 네 안에 있고,
앞으로도 네 안에 있을 거야.

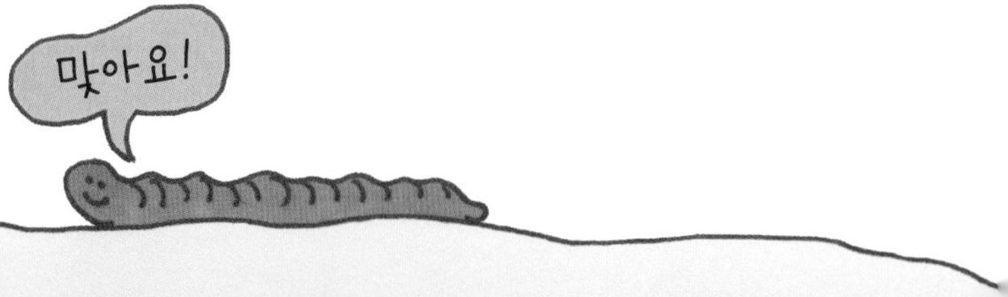

Life is too short and too precious to waste it all on being stuck in our issues.

삶은 정말 짧고 정말 소중해.
우리의 문제점만 파면서
낭비하기에는.
깨달은 부엉이

Life often appears chaotic and like it's going wrong. In truth, everything is being planned down to the minutest detail for your highest good. Trust your life always knows what it's doing, no matter how much you do or don't!

?
삶은 때로 혼란스러워 보이기도
하고 잘못돼 가는 것처럼
보이기도 해. 하지만 진실은,
너에게 가장 좋은 상황을
만들어주려고 아주 사소한
것까지 계획되어 있다는 거야.
네가 얼마만큼 걱정하든
상관없이, 너의 삶은 무엇을
해야 할지 늘 알고 있다는
사실을 믿어봐.

It is only you who knows how to love yourself completely.

자신을 완벽하게

사랑하는 법을 아는 건

오직 자신뿐이야.

There is still magic in the mundane.

일상적인
것들 속에
여전히
마법이
담겨있어.

Everyone's an artist—an artist of life!

모두가
아티스트다.
삶의 아티스트!
Paint

Luckily for all of us, very little is needed to make a happy life.

- [x] 음식
- [x] 물
- [x] 집
- [x] 가족
- [x] 친구
- [x] 교통비

다행스럽게도
행복한 삶을
만드는 데 필요한 건
아주 사소한 것들이야.

THE HAPPY HIPPY

Follow what matters to you most and your life will always be rich regardless of how much money you earn.

행복한 히피

Your soul wants to grow, that's why it seeks out the experiences you call struggles.

너의 영혼은 성장하길 바라고 있어.
그게 바로 영혼이 고난이라
불리는 경험들을 찾는 이유야.

"What are you doing, Betty?"
"I'm not doing anything. I think the modern world places too much emphasis on 'doing' so instead I'm just 'being'!"
"Me too!"

베티,
뭐하고 있어?
아무것도 안 하고 있어. 현대 사회는 뭔가 '하는 것'을 지나치게 강조하는 것 같아. 그래서 난 그냥 '존재하는' 중이야.
나도요!

The universal energy works for everyone—it just seems to work a lot better for those who believe in it!

우주의 에너지는
모두를 위해 움직이고 있다.
그리고 그걸 믿는 이들에게는
훨씬 더 효과가 있는 것 같다.

Following the rules rarely creates anything new.

'규칙 따르기'로는
좀처럼 새로운 것을
창조할 수 없어.

Dreams DO come true.

꿈은

정말

이루어져.

이 책을 즐겁게 읽으셨나요?

그렇다면 페이스북과 트위터에서 좀 더 많은 이야기를 만나보실 수 있어요.

매주 월요일부터 금요일까지 새로운 이야기와 그림을 올린답니다!

저의 웹사이트에서 소셜미디어 페이지 링크를 찾을 수 있어요.

www.maythethoughtsbewithyou.com

저의 책이나 이 책과 관련된 그림을 구매하고 싶다면

역시 제 웹사이트를 방문해 주세요.

© Nathan Browning

여러분, 안녕하세요? 이 책을 쓴 샬롯입니다. 여러분이 이 책을 흥미롭게 읽으셨다면, 이 책이 출간되기까지 과정도 함께 나누면 좋겠다는 생각이 들었습니다.
이 책은 긍정적인 이야기로 가득하지만, 사실 이 책을 쓰기 시작한 건 내가 한창 우울해 있던 2008년부터예요. 그 이야기를 해볼게요! 우울증을 겪던 그 시절은 내 생애에서 가장 지독하고 힘들고 무서운 시간이었어요. 여러분 중 이처럼 지옥 같은 상황에 시달려본 분이 계신다면, 그런 상황이 사람을 얼마나 무기력하게 하는지 짐작할 수 있을 거예요.

이를 극복하는 방법으로 명상을 해보라는 제안을 받기도 했지만, 설령 내가 아무것도 모른다 해도 그 당시 나에게 적절한 방법이 아니라는 건 알았어요. 항우울제에 맞서 내가 할 수 있는 건 없었지만, 나의 직관은 내게 좀 더 자연스러운 방법을 택하라고 말하더군요. 그래서 이해심 있는 사람들과 이야기를 나누고, 건강한 식단을 취하고, 하루 한두 시간씩 걷고, 정기적으로 침도 맞았어요.

내가 회복하는 데 도움이 된 다른 것도 있어요. 실제로 내가 열정을 쏟게 되고, 그러다 어느새 진짜 내 일이 되어버린 그거요. 우울함 속에 두 달쯤 보냈을 때, 나는 나만의 행복하고 긍정적인 생각들을 매일 적기 시작했어요. 내가 어떻게 느끼기를 바라는지 환기하고 싶어 적은 거였죠. 그 당시엔 미처 깨닫지 못했지만, 삶은 여전히 멋진 것이었어요. 그리고 난 내 생각을 매일 아침 페이스북 페이지에 올렸어요. 혹시라도 내가 쓴 글이 친구들한테 유익할 수도 있는 거니까요.

그렇게 2년 넘게 글을 올렸는데, 그러다 보니 꽤 많은 페이스북 친구가 생겼어요. 그때는 우울증에서 완전히 벗어난 상태였지만, 내 생각들을 적는 게 정말 즐거워서 그냥 계속 글을 남겼죠. 당시 친구들이 내 생각들을 묶어 책을 내면 어떻겠냐고 묻기 시작했는데, 정말 사랑스러운 아이디어이긴 했지만 그게 날 행동으로까지 이끌진 않더군요.

그러던 어느 날 삶이 갑자기 나와 이야기를 나누고 싶어 하더군요. 그 무렵 나는 사무직 일을 하고 있었는데, 만성 건초염(힘줄을 싸고 있는 막에 염증이 생기는 병)을 앓기 시작한 거예요. 고통이 너무 심해 2년 동안 일을 할 수 없는 상황이 되었고, 그리고 끝내 일터로 돌아가지 못하게 되었죠. 삶 전체의 변화가 필요했어요.

그러면서 친구들 제안대로 내 생각들이 담긴 책을 만들어야 하는 걸까 싶더군요. 생각하니 신이 났죠. 그런데 건초염을 앓는다는 건 컴퓨터를 더 이상 사용할 수 없다는 말이기도 해요. 나는 손으로 직접 글을 쓰는 게 좋겠다고 생각했죠. 그리고 그림으로 그 생각들을 표현해 봐도 좋을 것 같았어요. 그림 솜씨는 뭐 초보 수준이었지만, 의미도 있고 책도 더 재미있을 것 같더라구요! 아주 괜찮은 아이디어 같았죠.
그렇게 나의 새로운 삶이 시작되었습니다. 직장을 그만두고, 책을 만들고, 그것도 직접 제작해서, 그걸 사고 싶어 하는 사람들에게 판매하기 시작했어요.

처음에는 200권을 가족과 친구, 친구의 친구들에게 팔았어요. 그들의 반응이 나한테는 뜨거운 격려가 되었죠. 그래서 독립 출판물이나 선물을 파는 지역의 몇몇 가게들을 찾아가 내 책을 받아줄지 알아보기로 했어요. 그들에게 물어보는 게 너무 떨렸지만, 기쁘게도 모두 '예스!' 해주었고, 누구나 볼 수 있도록 책을 계산대 옆에 세워주기까지 했어요. 그리고 이 책은 순식간에 유명해졌죠. 몇몇 가게에서는 베스트셀러가 되기도 했답니다!

고맙게도 마침 남자친구가 웹사이트를 만들어줘 온라인을 통해서도 책을 많이 판매했어요. 그때 런던의 노팅힐에 있는 포토벨로 마켓에서 좌판을 해보면 어떨까 싶은 마음이 들더군요. 이곳에서는 책도 팔았지만, 책에서 내가 좋아하는 구절들을 골라 A4 사이즈로 확대 프린트한 뒤 배접을 해서 팔기도 했어요.

무척 놀랐죠. 손님들은 책장을 넘기며 기쁨의 웃음을 짓기도 하고, 킥킥거리며 그림을 보기

도 했어요. 심지어는 눈물을 흘리는 분도 있었는데, 내 생각들이 무척이나 가슴에 와 닿았기 때문이라는 거예요! 책이나 그림을 사간 분들이 몇 시간 뒤 다시 와서 더 사가기도 했어요. 내 책을 보고 나면 기분이 밝아질 것 같은 누군가가 떠올랐다면서요. 만성 질병을 앓고 있는 가족, 병원에 있는 친구, 이별의 아픔을 겪고 있는 언니, 우울해하고 있는 남자친구, 혼자 사는 이웃, 진로를 바꾸고 싶어 하는 딸, 외상 후 스트레스 장애를 앓고 있는 남동생, 중독 치료를 받고 있는 절친, 자폐증이 있는 아들, 곧 생일을 맞는 친구……

완전 충격이었어요. 나의 이 작은 책이, 그러니까 어둡고 슬프고 외롭던 시간에 쓰기 시작했던 이 작은 책이 많은 사람들에게 즐거움을 주고 환영을 받다니요. 무척이나 기분 좋은 일이었습니다. 그리고 포토벨로 로드 같은 여행지가 있었기에 내 책 이야기가 퍼질 수 있었죠. 전 세계 사람들이 갑자기 온라인 매장을 통해 주문하기 시작했어요. 포토벨로의 좌판에서 책을 구매한 적이 있는 사람인데 가족과 친구들을 위해 책을 더 사고 싶다면서요.

이 책의 모든 여정이 놀라움의 연속이지만, 내가 가장 놀란 건 이 책이 아이들에게도 유명하다는 점이에요. 나는 어른의 관점에서 글을 썼는데, 책을 산 사람들은 자기 아이들 역시나 이 책을 얼마나 좋아하는지 모른다고 이야기를 들려주었고, 정말 셀 수 없이 많은 선생님들이 학생들에게 어떻게 하면 좀 더 긍정적으로 생각할 수 있는지 가르치기 위해 이 책을 사갔어요.

놀라운 경험이 하나 더 있는데요, 바로 왕족의 손님을 만난 겁니다! 어느 날 말레이시아 왕이 포토벨로를 방문해서 내 책을 산 거예요. 그분은 내게 사인도 부탁했는데, 정말 초현실적인 순간이었습니다!

2천 부를 다 팔았던 첫 해, 한 여성분이 우연히 내 좌판에 들러 책을 한 권 사갔어요. 그 여성분이 내게 이메일을 보내왔는데, 내 책을 크게 성공한 기업가에다 비즈니스 분야의 베스

트셀러 저자이기도 한 자기 친구 샤 워스문드Shaa Wasmund에게 보여주었대요. 그러곤 샤가 내게 연락을 해서, 내 책이 많은 사람들에게 읽혔으면 좋겠다며 세계적인 출판사 헤이하우스와 미팅을 주선해 주었어요. 한 달 후 정말정말 기쁘게도 헤이하우스 출판사와 출판 계약을 맺었고, 그래서 지금 여러분 손에 이 책이 들려져 있는 거랍니다!

여기까지가 이 책의 이야기예요…… 어려운 시절이 지나고 봄이 온다는 건 얼마나 아름다운 일인가요? 이제 난 내가 겪은 우울증과 건초염에 대해 다른 시선을 갖게 되었죠. 난 이제 그것들을 선물로 여겨요. 맞아요, 무섭고 고통스럽던 것들이지만 이것들을 통해 내 삶이 더 나은 쪽으로 변화했고, 나의 진정한 자아와 진짜 행복을 발견하게 되었으니까요.

내 이야기를 읽으며 여러분 기분이 좀 더 좋아지고 뭔가 영감을 얻으셨길 간절히 바랍니다. 혹시 힘든 시기를 지나고 계신다면 거기에는 그럴 만한 명확한 이유가 있다는 것, 그리고 지금의 아픔이 머잖아 힘이 되어주리라는 것을 생각할 수 있다면 좋겠습니다.

이제 작별의 인사를 해야겠네요. 하지만 나는 계속해서 포토벨로에서 좌판을 벌이고 있을 테니 거기서 언젠가 만날 거예요! 그러길 바랍니다. 멋진 생각들이 여러분과 함께하기를.

사랑을 담아, 샬롯

헌사

단지 아이디어 단계였을 뿐인데도 이것이 책이 될 거라고 믿고 지지해 주신 분들, 자가 출판해서 팔러 다닐 때 기꺼이 사주신 모든 분들, 나의 가족과 친구들, 좌판을 찾아준 손님들, 온라인 구매자들, 독립 출판물과 선물을 파는 가게의 주인분들께 이 책을 바칩니다. 여러분 덕분에 이 책이 그렇게 멋진 시작을 할 수 있었어요! 그리고 이 책이 일반 출판물로 발행될 수 있게 해 내 인생의 전기轉機를 만들어준 샤 워스문드와 헤이하우스의 모든 분들께도 커다란 감사를 드립니다. 내 언니 케이트에게도 마음 깊이 고마움을 전해요. 우울하던 시절 언니는 진솔한 걸음으로 나와 함께 한 발 한 발 걸어주었지요. 멋쟁이 엄마와 아빠, 남동생 리치, 남자친구 조니 루카스 그리고 다른 가족들에게도 어마어마한 감사를 드려요. 그란소, 아이 삼촌, 조니 메이, 제이콥, 젭, 그리고 자린, 모두들 정말정말 사랑합니다!

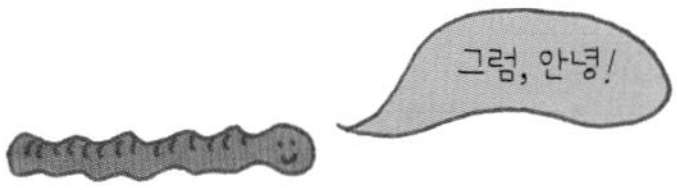

옮긴이의 말

이 책을 번역하는 동안 나는 이 책과 함께 이곳저곳 다양하게 옮겨 다녔답니다. 엄마와 함께하는 여행에서, 친구를 기다리면서, 지하철에서, 홀로 거룩해지는 나의 방에서, 도시에서, 자연에서…… 아침과 낮과 밤에도 되도록이면 나의 일상과 비일상의 경계 없이 자유롭게 책을 펼치며 작가의 이야기에 귀 기울이려 애썼지요. 사실 이렇게 다양한 공간에서 책과 동행하기 전에 나는 권태에 가깝도록 느린 곳이나, 혼자여서 고독하고 동시에 가득할 수 있었던 나만의 공간에서 작가와 독대를 해오고 있었습니다.

그러던 어느 순간 어떠한 계기와 함께 이 책을 읽는 방식에 변화가 찾아왔어요. 처음 만난 책의 톤은 친절하고 따듯해서 내게 위로가 되었고, 작가의 드로잉 역시 책장을 넘기는 나를 무장해제하게 만들었습니다. 그래서 나는 어리석게도 이 책을 단순히 밝고 친절한 이야기가 담긴 책이라고 성급하게 판단을 내렸지요. 그렇게 한참을 별다른 고민 없이 쉽게 쉽게 우리말로 옮겨나갔어요. 그게 정답이고 자연스러운 것처럼 말이에요.

하지만 달달한 말도 자꾸 내뱉다보면 혀가 얼얼해지듯, 긍정의 말들을 자꾸 옮겨 적다 보니 긍정이 대수롭지 않은 것처럼 여겨지지 않을까 염려되기 시작했습니다. 작가는 정성스럽고 느린 태도로 이야기하고 있는데 내 속도가 너무 빠른 건 아닌지? 나도 천천히 읽어갈 필요가 있다는 생각이 든 겁니다. 그래서 잠시 번역을 멈추기로 했습니다.

번역을 멈추고 문장 너머의 이야기들을 상상하기 시작했어요. 그러자 어느 시점부터 밝은

톤의 문장들과는 대조적인 작가의 다른 목소리들이 감지되었습니다. 그곳에는 용기 이전의 좌절이 있고, 웃음 이전의 아픔이 있고, 희망 이전의 불행이 있는 듯했습니다. 아픔을 겪었기에 희망을 이야기할 수 있고 슬픔을 알기에 행복을 이야기할 수 있는 사람, 이 책의 작가가 그런 사람이었구나 느껴지기 시작한 겁니다. 나의 역할은 단순히 작가의 말을 옮기는 것에 불과할지 모르지만, 옮기는 동안 그 문장의 온도를 유지할 줄 알아야 하고, 온도를 유지하려면 먼저 글로 채워져 있지 않은 여백의 공간을 정성스럽게 살필 줄 알아야겠다는 생각을 하게 되었죠. 문장이 태어나는 속도를 살펴야 했습니다.

나는 작가의 글과 그림과 새로운 동행을 하기 시작했습니다. 문장들을 넓게 보려고 노력했어요. 이 작업은 일종의 놀이처럼 느껴졌어요. 나는 이 놀이를 '명찰 달아주기'라 이름 붙였지요. 한 페이지 한 페이지 이야기들과 즐겁게 놀고 나중에 퇴장할 때 이름들을 옮겨주는 것으로 놀이의 대가를 지불하는 방식. 이 이야기들은 그녀의 일기였고, 열린 에세이였고,

모두에게 어울리는 동화였습니다.

그렇게 한동안 책과 친해지는 시간을 보냈어요. 그러면서 작가에 대한 애정과 친근함이 생겨났는데, 나는 한 번도 그녀를 만나거나 이야기 나눠본 적이 없지만 이런 놀이를 통해 이미 친구가 되어 있는 기분이 들었습니다. 서로의 이야기를 경청하고 고민을 나눌 수 있는 친구!

이 책에 내가 주목한 점은 크게 두 가지예요. 하나는 이 책이 어떻게 만들어졌나 하는 것이고, 또 하나는 이 책을 읽는 방식에 관한 것입니다. 먼저, 이 책의 글과 그림은 작가 자신이 내면의 치유를 바라면서, 자기 스스로를 복구시키기 위한 진심어린 마음에서 시작되었어요. 그것이 점차 주위 사람들과 소통하고 함께 나누기 위한 작업이 되었고요. 단지 내면을 비추던 빛이 바깥으로 뻗어나가 세상을 연결하고 밝히는 빛이 된 것이죠. 세상을 향해 자

신을 꾸밀 필요가 없기 때문일까, 그녀의 말은 담백하고 그림은 천진난만하기 그지없습니다. 이 책에 여백이 많은 이유가 바로 그 때문이라는 생각도 들었습니다.

또 하나, 이 책은 순서 없이 읽어도 좋은 책이라는 생각이 들었어요. 어느 페이지나 문득 펼쳐 읽어도 글의 흐름을 놓칠까 염려할 필요가 없지요. 어느 페이지의 어떤 이야기도 그 자체로 충분히 음미하고 머물 수 있는 것들이니까요. 사실 나는 이 부분이 참 매력적이었습니다.

이건 마치 음악을 듣는 방식과 같지 않은가 싶었던 거죠! 하나의 앨범을 전체적으로 온전하게 이해하고 음악가의 메시지에 공감하고 싶다면, 첫 번째 트랙부터 마지막 트랙까지 순서대로 들어보는 게 좋겠죠. 하지만 사실 우리는 대부분 원하는 트랙들만 딱 골라 듣더라도 그 음악의 톤에 얼마든지 즐겁게 동참할 수 있잖아요.

그런 이유들로 만약 여러분도 이 책을 읽게 된다면 나와 같은 속도로 읽어봐도 좋을 것 같다는 생각이 들었습니다. 손이 가는 어느 한 페이지의 글과 그림을 보다가 자신의 속도에 맞춰 노닥거려도 좋고, 작가의 마음속에 들어가 소리 없는 대화를 나눠보는 것도 좋고요. 느리게, 넓게, 자유분방하게……

2015년 이른 봄
옮긴이 최고은

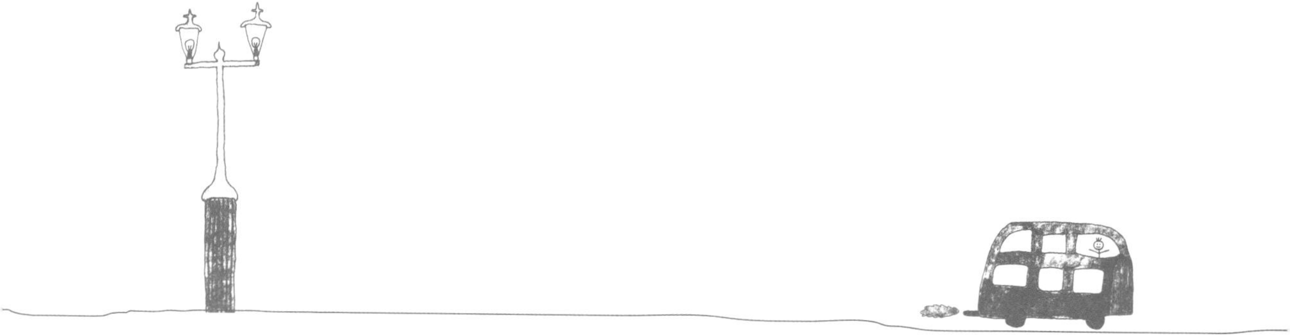

지은이 **샬롯 리드** *Charlotte Reed*

지독한 우울증을 겪으며 무기력증에 빠져 있던 그녀가 이를 극복하기 위해 행복하고 긍정적인 생각들을 매일 적어서 페이스북에 올리기 시작했다. 자신이 어떻게 느끼기를 바라는지 환기하고 싶었고, 혹시라도 이 글이 친구들한테 유익할 수도 있겠다는 생각이 들어서였다. 그렇게 2년 넘게 글을 올렸고 우울증에서도 완전히 벗어났지만, 자신의 생각들을 적는 게 즐거워서 계속 글을 남겼다. 그러던 어느 날, 만성 건초염이 찾아왔고 고통이 너무 심해서 다니던 회사도 그만두어야 했다. 삶 전체의 변화가 필요하던 그때, 그녀는 페이스북에 올린 '생각'들을 손으로 쓰고 그림에 담아 직접 책으로 만들어서 사람들에게 판매하기 시작했다. 책은 단지 입소문을 통해 수천 권이 판매되었다. 지금도 그녀는 자신의 웹사이트 www.maythethoughtsbewithyou.com에 매주 월요일부터 금요일까지 새로운 이야기와 그림을 올리고 있으며, 여전히 런던의 노팅힐에 있는 포토벨로 마켓에서 직접 책과 그림을 팔고 있다.

옮긴이 **최고은**

싱어송라이터. 2010년 첫 번째 EP 〈36.5℃〉를 발매한 뒤 〈Good Morning〉, 〈REAL〉 그리고 2014년 가을에 첫 정규 앨범 〈I WAS, I AM, I WILL〉 발매 이후 2016년 봄에 EP 〈XXXY〉를 발매했다. 조금 느리지만 꾸준하게 자신의 음악으로 스스로를 단련시키고 있는 그녀는 음악이 기초 생활필수품이고 자신의 패스포트라고 여긴다. 사람과 사람, 공간과 사람, 시간과 사람 사이에 자유로운 출입증으로 자신의 노래가 오래도록 사용될 수 있도록 노력중이다.

샨티 이메일(shantibooks@naver.com)로 이름과 전화번호를 보내주시면
독자회원으로 등록되어 신간과 저자 만남, 각종 워크숍 등의 소식을 이메일로 받으실 수 있습니다.

샨티shanti는 산스크리트 어로 '평화'를 뜻합니다.
샨티 블로그 blog.naver.com/shantibooks
샨티TV youtube.com/theshantibooks

우물쭈물 기웃대는
당신을 위한
마법의 주문

START!